KB162125

이런 느낌

정하경

시인의 말

힘들고 지친 이들에게
행여 나의 언어가
기적같은 마법을 불러와
위로가 되고
안식이 되고
용기가 되어
다시금 희망을 노래한다면
나는 기쁨의 눈물을 감추지 못할 것이다

이제는 후회도 미련도 없다
쓴맛
단맛
세월이 덧없음까지 다 맛보고 느꼈다

지금까지는
살고 남는 시간에 책을 읽고 글을 썼다면

이제부터는
책을 읽고 글을 쓰고
남는 시간을 살기로 했다

아파하지 않고
흔들리지 않고
무덤덤히 내 갈 길 갔으면 고맙겠다

2022년 봄 새벽

목차

이순의 나이에

깨달음이란
세상의 모든 번뇌로부터
자유로워지는 것을 의미합니다

다시 말해서
세상의 모든 미련으로부터
쿨해지는 것을 말합니다

평정심을 잃지 않고
고요함을 유지하는 삶

이것을
지키려 무던히 애쓰는 삶

이순의 나이에
느끼는 깨달음입니다

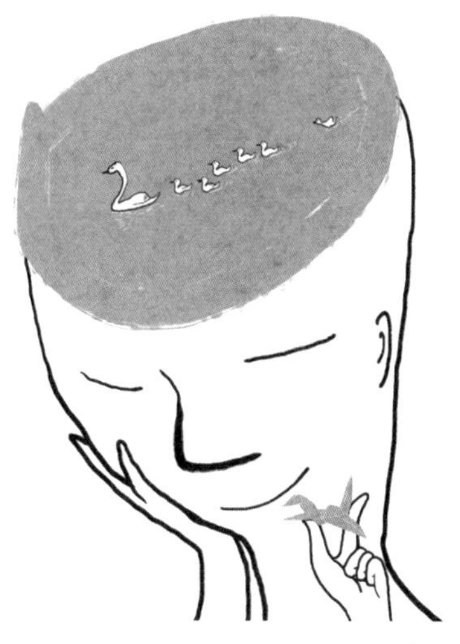

가을 상처

해가 반 뼘쯤 길어진듯 싶다
아파트 주위를 배회하던
가을 어둠들이 창가로 오물오물 모여들기 시작했다

나는 지금 밥상을 거실 중앙 한복판에 펼쳐놓고
자판을 두들기고 있다

밥그릇이며 찬기들을 산만하게 늘어놓고
허기를 달래는데 이용하던 밥상을
요즘 나름 유용하게 활용하고 있다

얼마 전까지는
주방 식탁을 책을 읽고 글을 쓰는 도구로 애용했다

정확한 기억은 없지만 언제였을까?
퇴근길에 지나가던 바람이 귓속말로
"가을이에요"라는
가을 알림 서비스를 전해 들은 날로부터
나는 글방에서 식탁으로
식탁에서 거실로 전전하며 글 외도를 감행하기 시작했다

이유는 달랑 하나
창밖에 가을이 있었기 때문이다

오늘은
이른 아침부터 세안도 포기한 채
가을 어둠이 도시를 무력화시키는 이른 저녁시간까지
책을 읽다 졸다 자판을 두들기다를 반복하며
하루를 소진하고 있다

사과 몇 쪽과
커피 몇 잔으로 하루를 견디기에

나의 위장은 너무 젊고 싱싱했다

심하게 몰려온 허기를 움켜잡고
나는 집 앞 편의점으로 냉큼 달려갔다

편의점 내부에는
간단한 식 음료를 먹을수 있는 공간이 준비되어 있으며
식도락을 즐기는 위치는 도로에서 투명한 유리창을 통해
아무런 불편함 없이 내부 투영이 가능했다

이때
편의점 내부의 충격적인 모습이
내 시선에 포획되었다

내 딸 또래쯤 되어 보이는
아가씨가 술에 취해
고개를 떨군 채 졸고 있는 듯 보였다

그 옆에는 빈 소주병 한 개와
캔 맥주 두 개가 나란히 놓여 있었다

이러한 광경을 목격하면
대부분의 사람들은 못 볼 것을 본양
혀를 끌끌차며 긴 한숨을 동반한
차가운 시선을 보내는것이 통념이나

나는 알 수 없는 측은지심과 안쓰러움이
밀물처럼 밀려오며 순간적으로 우울해지기 시작했다

얼마나 힘이 들었으면
자신의 감정도 주체하지 못할 만큼 마셨을까?
무슨 일이 있었던 걸까?
알 수 없는 의구심이 증폭되고 있었다

술이 깬 다음
후폭풍은 없어야 할 텐데
오래 아파하면 어쩌지하는
아빠 특유의 오지랖이 발동되었다

고개를 떨군 채 무참히 무너진
아가씨의 모습을 뒤로하고
나는 집으로 돌아왔고 한 시간쯤 지났다

아직도
그 아가씨는
그 자리에 있을까?

그냥

왜 전화했어?
그냥

왠일이래?
그냥

갑작스런
전화나 방문에
의아한듯한 표정을 짓고
퉁명스레 반응해도

전혀 불편하거나
어색하지 않은 단어

과하지 않아
오히려 듬직하고

한결같을 것 같아
물씬 마음이 가는
소나무 같은 단어

그냥

꿈

우리는
행복해지기 위해 꿈을 꾸어요

그리고
꿈을 실현하기 위해 전력투구해요

근데
조금 살아보니까

꿈은
원대하기보다는
소박한게 맞는것 같아요

꿈에 집착하면
꿈이 갑으로 변질되어
반드시 삶을 옥죄어요

집착한다고
꿈이 더 화려해지거나
웅장해지는 건 아니잖아요

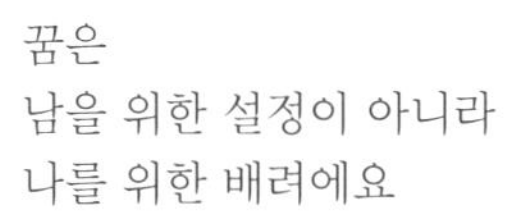

꿈은
남을 위한 설정이 아니라
나를 위한 배려에요

지금부터는
나를 위한 꿈만 꾸어요

소심하고
단아하게...

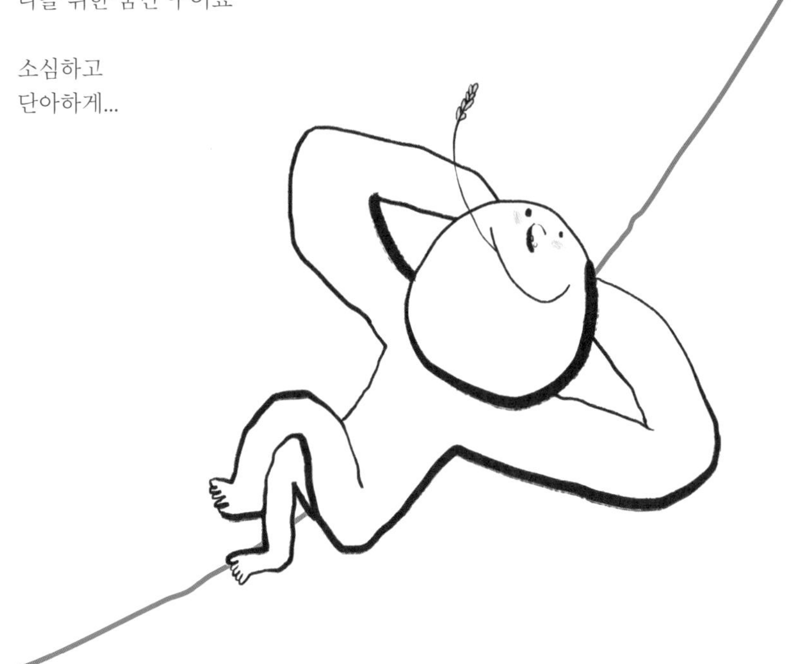

같은 생각

같은 생각을 갖으려
애쓰는 것은 자만입니다

사람을 사람에게 맞추려 드는 것은
희생을 요구하는 비열한 짓입니다

차라리
서로의 다른 생각을
인정하고 존중하는 편이

서로 같은 생각을 강요하거나
집착하는 것보다
인도적이지 않을까요?

서로에 대한 기대감은
환상이며 아픔입니다

존버

추운 겨울도
석 달 열흘을 못 버티며

칠흑 같은 밤도
여덟 시간을 넘기지 못하고
광명 앞에 굴복해

세상에
영원은 없어

버텨
버티면 살아

착각 하자마

사람들이
너를 위로한다고 착각하지마

사람들은
너의 고통을 즐기고 있는거야

아주 흐뭇한 표정으로
여유롭게 영화 관람하듯 말이야

그니까
아파도 혼자 아파

티 내지 말고

쓴다는 것에 대하여

많은 생각을
글 속에 옮겨 봅니다

오늘도
글은 쓰레기가 되어 수북이 쌓여만 갑니다

이제 열 밤 남았어요

보기 싫은 사람 안 보고
가기 싫은데 안 가고
하기 싫은 거 안 하면
행복해 질수 있을까요?

기대나 바램을 제거하면
삶이 단아해지듯

거추장스러운 꿈도 내려놓으면
행복해질 수 있을까요?

인연을 활성화하고
삶의 영역을 확장하는
오지랖을 최소화하고

세속의 각별함을
마다하면 행복해질 수 있을까요?

이제 열 밤 남았어요

꿈을 잊으면

꿈이 소박하면
비록 삶이 화려하지는 않아도
잃을 것이 적으니 얼마나 행복한가?

무소유를 실행에 옮겨
깨달음에 근접하니
이 세상은 얼마나 아름다운가?

꿈을 극대화하는 삶은
불안과 절망의 연속으로
고통과 상처만 제공할 뿐이다

꿈을 안고 사는
우리는
얼마나 공포스럽고 우울한가?

꿈 꾸지 않으니
참 행복하다

잊혀질 사람에 대한 그리움

10여 일 전
삼겹살에 안동소주를 일 배하고
2차로 수제 맥주를 마셨다

일상 속 고민을 소환
상호 간 조언을 아끼지 않으며
알콩달콩 가을밤을 후끈하게 달구었다

막중한 가을의 임무를 수행하고
하산하는 낙엽을 나란히 밟으며

12월 초 다시 만나기로 약속하고
아쉬운 발길을 돌렸다

우연이 인연으로 발전된지
몇 해 되지 않은 지인이다

인연은 상호 알뜰한 보살핌이 있어야
관계를 돈독히 오랜시간 유지될수 있는 것 처럼

나는 삶의 테마가 비슷한 지인들은
전화나 문자를 이용 종종 안부를 챙기거나

간간히
술자리로 불러내어 관심을 표명한다
그런 지인중 하나였다

12월 초
어둠이 미쳐 빠져 나가지 못한

미명의 시간에 한 통의 문자가 들어왔다

이별 통지서였다

그의 영전에
국화 한송이를 바치고 돌아섰다

개념의 오류

무조건적
이해나 배려는 사랑이 아닙니다

사랑이 권리로 변질되어
관계의 본질을 훼손하니 당혹스럽습니다

사랑은
부족하거나
넘치지 않게

가깝거나
멀지 않게 유지하는 것이 중요합니다

사랑은
무례하지 않아야 합니다

동경

어릴 때는 빨리 어른이 되고 싶었어요
하지 말라는 제약이 너무 많아 불편했거든요

빨리 어른이 되어 내 방식대로
무엇이든 자유롭게 설계하며 살고 싶었어요

그래도
어릴 때는 실수나 잘못을 해도
대부분 책임에서 자유로울수 있었지만

어른이 되면 일거수일투족
책임이라는 꼬리표가 생기잖아요

어른이 된 지금 가만히 생각해보면
서툴고 미성숙해 시행착오나 실수가 많아도
책임에서 홀가분했던 그 시절이 좋았네요

어릴 때는 빨리 어른이 되는 걸 동경하고
어른이 되어서는 어린 시절을 동경하고

인생은 역시
살아봐야 맛을 아는가 봐요

아버지 1

가난한 사람들이
마음 편히 살도록
가만히 놔두지 않는 이 세상에

흔들리지 않고
살아갈 수 있도록
든든한 바람막이가 되어 주었던 아버지가

지금은
내 명치끝에 있다

보고싶다
가슴이 오열하는 미명의 이 시간에

아버지 2

이 세상 최대의 약자
아버지

온갖 수모와 굴욕을 견뎌내고
직장에서
집으로 돌아오면

또
다시
아내와 아이들의 약자

이 세상
최대의 약자 아버지는

이 세상
어디를 가도 약자다

어떻게 살지?

인간의 본성에 감사는 없다
베풂에 대한 은혜를
기억하는 건 본성에 대한 결례이다

감사함을 망각하는게
세상사 이치이다

인간은
달면 삼키고 쓰면 뱉는
이기적 습성에 길들여진 존재이다

꿈

꿈은
오늘보다 상큼한 내일을 기약하는
기대 심리를 말합니다

그러나
꿈을 동경만으로 멈추는 건
꿈을 꾸지 않는 것과 다를 게 없습니다

꿈은
도전이고 실행입니다

지리멸렬한 글쟁이들의 하루

종이에 옮겨진 형편없는
자신의 글을 보고 잠자리에 드는 게
보통 글쟁이들의 일상입니다

오늘보다 내일의 글이
찬란하리라는 착각을 안고 사는 게
보통 글쟁이들의 하루입니다

재능이 없음을 인지하면서도
쉽게 뿌리치지 못하는 것이
보통 글쟁이들의 미련입니다

부족해도
그저 글이 좋아 미쳐 죽으니
차마 어쩌지 못하는 것이
보통 글쟁이들의 운명 입니다

사랑입니다

달콤하고
가슴 설레며
아름답기만 한 사랑은 사랑이 아닙니다

예쁘고
사랑스러운 것들만 모아 단장한 것은
사랑이 아니라 위장입니다

사랑은
불쑥불쑥 찾아오는
실망과 상실감에 흔들리며 성장하는 겁니다

이곳으로 내려 왔어요

시 한 줄 내리려고
뭍에서
섬으로

모든 혜택 포기하고
이곳으로 내려왔어요

그림자 하나 연고 없는 이곳에
제주 바다 하나 바라보고 달려왔어요

눈만 뜨면 바다로 뛰쳐 나가
염원했던 내 삶의 기적에 감사했어요

점차 이곳 생활에 조금씩 익숙해지면서
제주의 달콤함이 외로움으로 변질되어
밀물처럼 밀려오기 시작했어요

깜깜한 제주 밤바다에
혼자 버림받은 느낌 있잖아요

지금은
나름 평정심을 많이 찾았어요

시간이 약이더라구요

모르죠
언제 다시 외로움에 치를 떨지...

저는
지금 작은 창가로 유입되는
제주 밤바다를 바라보고 있어요

한 손에는 술잔이 들려 있고요

가을 숙제

매년 가을이면
그랬던 것 같아요

가을이 근접했음을 시사하는
파란 하늘과 이름 모를 꽃들이
바람에 하늘하늘 시위하는 이맘때면

나는 어김없이 서점을 찾아
가판대에 누워있는 시집을 한두 권 사들고
집으로 돌아오고는 했어요

그리고
하루에 시 한두 편씩 읽고 필사를 했지요

150여 쪽에 달하는
시집 한두 권을 읽고 필사를 하다 보면

가을은 어느덧 소임을 마치고
떠날 채비를 서두릅니다

한 장
두 장
책장이 넘어가듯 가을은 깊어만 갑니다

혼자 마셨다

새벽 4시까지 술을 마셨다
정확하지는 않지만
그쯤 된다는 이야기다

처음에는 여럿이 마셨다
왁자지껄
웅성웅성
초롱초롱한 눈망울로 의기 투합했다

삶 음악 문학 사회 정치등
장르 구분없이 많은 이야기를
술잔에 담아 주고 받았다

어둠이 짙어지고
술병이 착실하게 쌓여 가면서
같이 마시던 얼굴들이
하나 둘 시야에서 사라지기 시작했다

이제는 혼자다
혼자 마신다

외로워서 결혼을 한다 했다

나는
외로워서 결혼을 했다
자몽처럼 쓰고 시큼한 외로움이
무섭고 두려워 결혼을 선택했다

너는 광야에서 홀로 우는
내 모습이 안쓰럽고 측은해 결혼을 선택한다 했다

무소유

남들이 다 갖고 있어도
내게 필요하지 않으면 소유하지 않으며

남들에게 없어도
내가 필요하면 소유하는게
무소유다

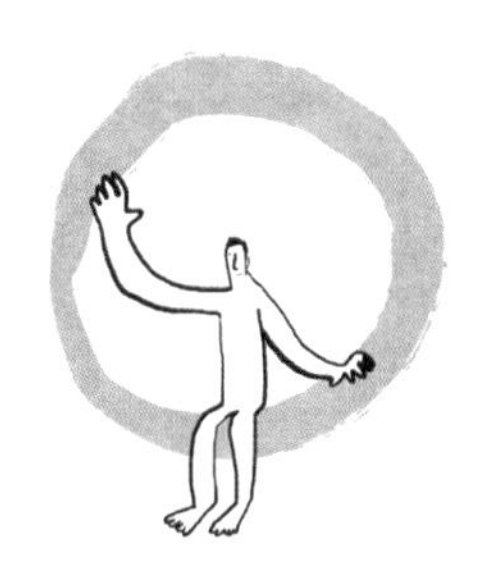

제주의 밤

다 잠들었어요
백호가 짖는 소리를 마지막으로
동네는 까만 어둠속으로 자취를 감추었어요

이제 남은 건 바람과
바다가 지원해 주는 파도 소리뿐이에요

방바닥에 밥상을 펼쳐놓고
자판을 두들기기 시작했어요

미끄러지듯 알싸하게 글발이 춤을 춰요
이때가 하루 중 가장 행복한 순간이에요

이런 날은 약소하지만
하느님께 조촐하게 짜장면이라도
한 그릇 대접하고 싶어져요

왜냐하면
어휘 하나 갖고도
꼬박 밤을 지새울 때가 많거든요

바다 끝자락에서 꽃이 피는 새벽까지
엎치락 뒤치락 글 장난에 입안이 까칠해도
끄덕없이 아침밥 한 그릇 뚝딱 해치워요

좋아하는 일을 하면 분명 덜 지쳐요
그리고 성취감에 뿌듯해요
돈 되는 일도 아닌데 말이에요

바람이 조금 잔잔해 졌어요
조금 전까지만 해도 식겁했거든요

이렇게
제주의 밤은 여물어가요

이런 젠장

동물의 왕 사자도 늙으면
하이에나의 먹이로 전락 됩니다

100세 인생은

축복 입니까?
재앙 입니까?

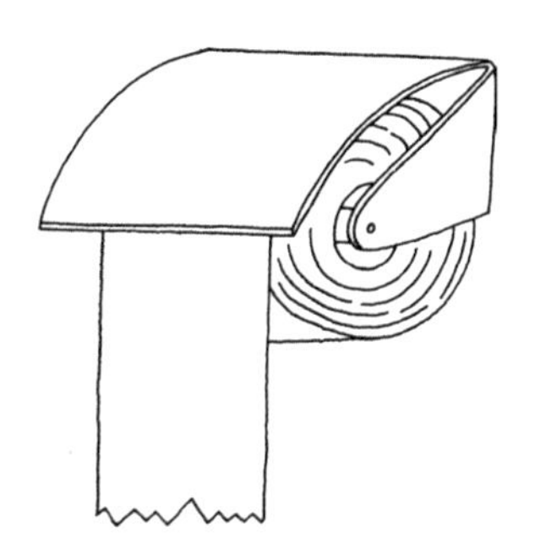

미스터 션샤인

나이 국적 인종 계급 문화 이념을 불문하고
사랑하는 모습은 아름답습니다

사랑은
특별한 기술이나 지식을 요구하지 않습니다
자신을 내려놓는 순간부터 사랑은 위대해집니다

누구의 특별한 존재로 인식되는 건
참으로 혁명적인 일입니다

이루어지게 하소서

양털 구름처럼 부드럽고
천혜향처럼 상큼하고 달콤한
사랑이여
이루어지게 하소서
이 가을에

토사구팽(兎死句烹)

갈증을 한방에 날려주는
캔 맥주를 식도에 쑤셔 박고
벌컥벌컥 쏟아 붓습니다

캬!
외마디 탄성과 동시에
우격다짐으로 함몰된 빈 캔은
쓰레기통 속으로 빠르게 자취를 감춥니다

우리네 삶도 필요하면 취하고
이용 가치가 떨어지면 미련없이 폐기합니다

가는 길이 다르면
처음부터 동행을 고려해야 합니다

상처를 주고 받으며 갈등하느니
조금 외로워도 혼자 감내하는 편이 옳습니다

인연을 가볍게 여겨서도 안되지만
인연을 함부로 만들어서도 안됩니다

맺은 인연보다
지키는 인연이 더 힘든 법입니다

순리

흰머리가 무성해지고
눈이 침침해질 때까지
살게 될 줄은 미처 몰랐습니다

낡은 나무 의자에 걸터앉아
하염없이 하늘을 올려다보는 저 노인도
이처럼 빨리 늙을 줄 미처 몰랐을 겁니다

퇴고

단어 하나하나를 곰곰이 따져 물으며
글을 다듬고 매만지는 작업은
많은 시간과 사고를 집약적으로 할애해야 하는
산고의 시간입니다

전하고자 하는 메시지는
단정하게 잘 담겨져 있으며

단어와 단어 사이에
삐걱거림 투박함 비릿함은 없는지

띄어쓰기는 정확하고
적절하게 단어 선택은 되어 있으며

구석구석 배치된 단어는 효율적으로
자기 역할은 잘하고 있는지

표현은 과하거나 왜소하지는 않으며
문장은 물 흐르듯 유순한지
이곳 저곳을 집요하게 들여다 봅니다

글을 생산하고
글의 허물을 매만지는 일은

시인이라는
누명을 쓴 이들이 운명입니다

나도 해봤다

어느 소설가의 문학관에는
대하소설을 쓰는 동안 사용한
볼펜과 원고지가 탑처럼 쌓여있다

나도
일 년간 해보았다

꼴랑
대학노트 한 권과
볼펜 다섯 자루

워커홀릭

쉬엄쉬엄 하세요

짐승처럼 일하다

벌레처럼 가실래요?

인 연

비릿한 포구
바다가 내려다 보이는
2층 횟집으로 들어섰다

왁자지껄
시끌벅적

가을 바다 따위는
안중에도 없어 보이는듯한 분위기다
과히 난장이다

우리는 서둘러
술과 회 그리고 매운탕을 식도에 구겨 넣고
시월의 풍미를 찾아 장소를 이동했다

손을 내밀면
손 끝에 바다가 잡힐듯한 지점
그 곳에 고즈넉한 까페가 있었다

주문한 커피를 받아 들고 루푸탑으로 향했다
손바닥만하게 시야에 포획 되었던
바다가 하늘을 품고 누워 있었다

커피를 마시고 사진을 찍으며
오붓한 가을 오후를 노래했다

발 끝에 어둠이 찾아들 무렵
우리는 서둘러 서울로 향했고
우리는 그날 그렇게 헤어졌다

돌아와 사진을 보니

그곳에
사랑이 남아 있었다

돈
지쳐 쓰러질 때 까지 쓰다 죽읍시다

현대의 정주영 회장도
삼성의 이건희 회장도

엄청난 재산을 갖고 있었지만
저승 갈 때는 노잣돈 몇 푼 가지고 가셨습니다

돈은 살았을 때 써야 내 돈입니다
죽고난 후 남은 돈은 내 돈이 아닙니다

지쳐 쓰러질 때까지
쓰다 죽읍시다

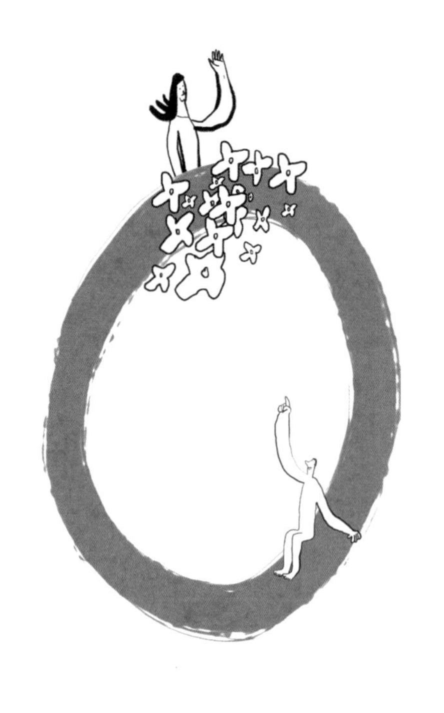

보고싶다

너를
보고 싶다는 생각이
심장 가득 차오르면

나는
술을 마신다

더
보고 싶어서

아끼지 않기

이리재고
저리재고

오늘이 내일되고
내일이 한주가 되고 한달이 되고

계절이 돌고
해가 바뀌며

힘들게 힘들게
장만한 예쁜 옷

두고 떠났다
저 세상으로

절대자

만나면
일거수 일투족 잔소리다

상황에 따라
지적의 강도와 횟수의 차이는 있지만
아내 사전에 자비란 없다

곰곰이 생각하면
지당하다
유용하다
버릴게 단 하나도 없다

유구무언이다

오늘도
어김없는 지적의
포문은 시작 되었다

고맙습니다

세상에 편하게 만들어진
책은 단 한 권도 없습니다

작가는 밤잠을 쪼개고 일상을 포기하며
탈진에 탈진을 거듭하며 산고한 책입니다

이러한 책들을
편한 책 가벼운 책 운운하는 건
작가에 대한 대단한 결례이자 모욕이며
본인의 도덕적 윤리적 빈곤입니다

작가는 작품에 묵숨을 걸고
우리는 목숨건 작품에
단 돈 몇 푼을 접선하고
의기양양 빨대를 꽂은 채
작가의 농축된 지식을 날로 흡입합니다

우리는 지식을 헐값에 양도하는
그네들에게 고맙고 감사해야 합니다

책 대여 하지 말고
전자 책 보지말고
종이책 돈 주고 사서 봅시다

작가들이 돈 걱정하지 않고
올곧이 작품에 매진할수 있도록
물질적 지원을 아끼지 않아야 합니다

피망아

피망아!
이제는
하루에 한 번씩 만 울기로 했어

동선마다 파종된
너의 흔적 때문에
한동안 참 많이 울고 다녔어

길 에서든
차 안에서든
사무실 에서든
네가 보고 싶을 때는 펑펑 울었어

피망아!
술 한 잔하고 집으로 돌아가는 길이
왜 이렇게 적적하니

아프지말고 잘 지내고 있어
천상에서 우리 다시 만나면

그때는
헤어지지 말고
알콩달콩 오래오래 같이 살자구나

보고싶다
피망아

행복해야 하는 이유

행복은
얼마나 많은 것을 소유하였느냐가 아니라
얼마나 많이 불필요한 것으로부터 자유로운가입니다

우리가 불행한 이유는
가진 것이 적어서가 아니라
더 가지려는 욕심을 억제하지 못하기 때문입니다

불필요한 것을 최소화하고
꼭 필요한 것만 소유하는 것이

무소유
즉 맑은 가난입니다

표 절

남의 생각을 토씨 하나 남김없이
그대로 옮겨 놓은 건 분명 표절입니다

그러나 남의 생각에
내 생각을 붙이고 쪼개고 비틀고 녹여서
배치하는 물리적 해체 조립 방식은 창의입니다

벌이 이 꽃 저 꽃을 옮겨 다니며
꿀을 채집하는 것처럼

서로 기생하며
보존하고 번식하며 성장하는 것이 글입니다

글은
여러 꽃에서 채집한 꿀과 같습니다

유월 칠일

"어디 아퍼?"
요즘 병원에 자주 다니네
별일 없는 거지"

"다음에
만나면 말씀 드릴께요"

담담하고 침착하다
긴박감을 전혀 느낄수 없는 균형잡힌 목소리가
수화기를 통해서 흘러 나왔다

그래 별일 없다니 다행이다

"밥 한번 먹자
요즘에 조금 바쁘니 숨좀 돌리고
한번 넘어갈게 결재는 내가 할게"

푸하하하

여느때처럼
군더더기 없이 대화는 종료 되었다

상호 상생하는 생계형 위치에서 만나
크게 모난데 없이 십년지기가 되었고
요즘들어 부쩍 통화가 늘었다

하루에 한두 번 엄무에 관계된 일을 포함해
서로 개인적 고민까지 컨설팅 해주는 막역한 지우였다

나보다 나이는 연하지만 성실하고 꼼꼼해
나이와 무관하게 절친으로 발전
십년 가까이 관계를 유지해 왔다

얼마전 통화 내용이다

일상이 무기력하고 의욕이 없단다
혼자 있고 싶고
집에 귀가 하는게 이유없이 싫단다

몇년전
내가 겪었던 갱년기 증후군 같으니
확팅하자며 무심한 격려를 보냈다

웅~웅
책상위에 놓여진 핸드폰에서 다급하게 진동이 울린다

열어본 폰 액정에는 단정한 차림의
이 대표가 입가에 미소를 지으며 웃고 있었다

꿈이었기를...

인생커피

문득문득 떠오르는
지인들의 안부를 묻고

때로는 시간이 허락되는 지인들과
뷰가 단아하고 분위기가 참신한 까페에서

커피를 마시며
조촐한 담소를 나누는 일은
몇 안되는 인생의 즐거움 중 하나 일 겁니다

나는 이를
인생 커피라 말합니다

폐습

서점에 가면 책을 꼭 사야 한다는 생각
책이 있으면 꼭 책을 읽어야 한다는 생각
펜을 들고 있으면 꼭 글을 써야 한다는 생각

공감

군 고구마는
서민 아파트 앞에 가서 팔아야 잘 팔립니다

이유는
아픈 사람의 마음은
아파본 사람이 잘 알기 때문입니다

윤회

펄펄 눈이 옵니다
하늘에서 눈이 옵니다
하늘나라 선녀님들이
송이송이 하얀 솜을
자꾸자꾸 뿌려줍니다

여섯 살 때
아빠품에 안겨 같이 부르던 겨울 동요를

이순이 되어
손자를 품에 안고 같이 부릅니다

늙으니 좋다

국가가 하사하는 크고 작은 혜택을
한 몸에 받을수 있어 좋고

살아남아야 한다는
절박한 생계형 무게에서 홀가분해질 수 있어 좋다

청바지에 가방 하나 둘러매고
훌쩍 회색 도시를 떠날 수 있어 좋고

포구의 비릿한 바다 내음과
일정한 간격으로 오르내리는
파도 소리에 집중할수 있어 좋다

낯선 도시의 이방인이 되어
몇 날 며칠 거리를 헤매도
언제 돌아올 거냐고 채근하는 이 없어 좋고

광명이 자취를 감추고
급습한 어둠이 거리를 장악한채 위용을 과시할 때
허름한 주점 구석진 자리에서
매콤한 조기찌개에 소주 한잔할 수 있어 좋다

진짜 좋은건
이제 내가 하기 싫은 건 하지 않아도 된다는 사실이다

무지

양심과 정의는 실종되고
문학과 낭만이 상실된 이 세상

어느 땅 끝에서는
언 땅을 물리치고
파릇파릇 새순이 고개를 내밀겠지

이 세상이
감히 어떤 세상인지 모르고...

필승

왔노라
싸웠노라
졌노라

애썼다
올 한 해도...

딱 한잔

자정을 훌쩍 넘긴
칠흑같이 깜깜한 가을밤

나를 불러주는
네가 있어
나는 참 행복하다

왜냐하면

나
딱 한 잔이 부족했거든

결투

세상에서 가장 어리석고 미련한 사람은
감정에 저항하고 대립하는 사람입니다

감정에 격렬하게 대항하는 것은
습지의 늪에서 살아나려 허우적거릴수록
더 깊이 빠져드는 것과 다를 바 없습니다

고로
세상에서 가장 지혜로운 사람은
감정을 잘 다루는 사람입니다

감정을 잘 다스리는 비결은
감정과 맞서지 않는 겁니다

오지랖

나이 들면서 생기는 질병 중
으뜸은 낄 데 안 낄 데 구분 못하고
사사건건 주책을 극대화하는 오지랖입니다

남의 일에
콩 나라 팥 나라 관여하는 것도
범죄라는 사실을 아십니까?

투쟁

무지막지하게 흡입해 놓고
비통한 표정으로
휘트니스에 가서 죽어라 운동합니다

피자 한 조각
콜라 한 캔만 포기하면 될 것을...

바보

안정된 직장을 포기하고
움추렸던
내 꿈을 찾아 떠나는 것은

엄청난
용기와 배짱이 필요합니다

세월은
나를 보채는데

용기와 배짱은
늘 그 자리에 머뭅니다

침묵

거르지 않고 쏟아내는
말은 오물에 가깝습니다

간디는 매주 월요일을
침묵의 날로 지정 실천했다고 합니다

꼭 말이 필요하면 글로 대신하거나
한두 마디의 말로 최소화하였다 합니다

침묵의 위대함을 대변하기보다는
말로 인해 빚어지는 경솔함을 우려한
방어기제인 듯싶습니다

말은 안 해서 후회하는 일 보다
말을 해서 후회하는 일이 더 많습니다

거래

인생은 반드시
당신이 흘린 땀만큼 만
행복을 건네줍니다

아무런
노력도 없이 댓가를 요구하는 건

지구상에 유포된 육두문자중
가장 걸죽한 쌍욕을 엄선하여 제공해야 할겁니다

인생도 밑지는 거래는 절대 하지 않습니다

중년

중절모에 코트깃을 한껏 올린
중년의 뒷 모습이 왠지 쓸쓸해 보입니다

아닙니다

중절모에 코트깃을 올리지 않아도
중년은 쓸쓸합니다

용기

DANGER
KEEP OUT

나는 용기내어
경고 팻말을 걷어차고 돌진했어

그리고
마침내 그녀에게서 사랑을 받아 냈지

사랑은 쟁취야

참 고맙습니다

사랑이 아니라고
그냥 스쳐 지나갈 수도 있었는데

행여
사랑일 줄 모른다고 걸음을 멈춘 그대

참
고맙습니다

사랑

푸른 하늘을 걸어
내게로 온 그대
사랑이었다

주체할 수 없는
사랑이라는 감정을

그저 작은 글 하나로
담아낼 수밖에 없어

그대
참 미안하다

사랑 바라기

밤을 지키기에
펜 한 자루
초 하나로는 부족해
당신을 불렀어요

특별하게 주고 받을 말이
있는 건 아니지만

잠시 잠깐
내 곁에 있어 주신다면
밤을 지새는데 큰 힘이 될 것 같아서요

어두운 밤길 오시는데
행여 불편하실까 싶어

잘 익은 노란 별 서너 잎과
당신 닮은 달을 보냅니다

다들 그렇게 산데요

요즘 무너지듯 주저앉아
아파하는 날이 참 많아졌어요

이런저런 이유로
상처를 가슴에 훈장처럼 달고 살아요

아물 만 하면 또 하나가
잊혀질 만 하면 또 다른 하나가
무례하게 다가와요

여지라도 주면
나름 미흡하나마 준비라도 해 볼 건데
고립무원이네요

그저
아픔의 크기가 크지 않고
쉽게 쉽게 아물기를 바랄 뿐이에요

다들
그렇게 산다하니 어쩌겠어요

사랑하게 하소서

내 순정을 다 바쳐 사랑함에 있어
조금도 주저함이 없도록 하여 주소서

베짱이처럼 목숨을 건 사랑을 할수 있도록
용기와 담대함을 모아 주시고

사랑함에 있어 흔들림이 없도록
지속적인 강건한 신념을 심어주소서

때로 사소한 갈등과 다툼이 있을지라도
슬기롭게 헤쳐 나갈 수 있도록 지혜를 모아 주시고

사랑과 동시에 믿음과 존경이 생성할 수 있도록
상호 이해와 배려하는 마음을 갖게 하시고

사랑하는 마음이 영원할 수 있도록
꼭 잡아 주소서

구애

베짱이의 노래 소리는
짝 짓기 대상을 찾는 수컷들의 애절한 구애입니다

하지만 소리가 너무 커서
늘 위험에 노출
포식자의 먹이가 될 확률이 매우 높습니다

그럼에도 불구하고
베짱이는 사랑에 목숨을 겁니다

과연
우리는 사랑에 목숨을 걸수 있을까요?

첫 만남

나는 당신의 향긋한 미소와 가지런한 치아
그리고 단아하고 절제된 몸짓을 기억합니다

당신을 처음 만난 순간
나의 심장은 경이감으로 벅차오르기 시작했습니다

날이 갈수록
당신 없이는 단 하루도 살수 없다는
새로운 진실을 체득하게 된 것입니다

짙게
채색 되어져가는 그리움

인생을 독학하듯
당신으로부터 사랑을 배우고 싶습니다

당신

세상에는
생각만으로도 눈 시울이 붉어지는
슬픈 단어가 있습니다

어떠한 응석도 아무런 저항감 없이
다 받아줄 것 만 같은 그런 느낌의 단어들

편안함을 제공하는 동시에
영문모를 울컥함이 잔존하는 단어들

요즘
저에게는 생각만으로도 눈물이 솟구치는
새로운 단어가 생겼습니다

잘해주지 못해서
미안하고
안타까운 가슴 시린 단어

바로 당신입니다

2%

2%가 부족하세요?
채우려 들지 마세요

2%의 과욕이
98%의 만리장성을 무너트릴 수도 있습니다

당신은 이미 많은 풍요로움을 누리셨고
아마 지금도 문명의 큰 혜택을 누리고 계십니다
욕심이 화를 부를까 심히 염려 스럽습니다

속절

백년도 못사는 인생이
천년의 삶을 걱정하는 건
잠자리 방귀 뀌는 소리입니다

거룩함도
위대함도
고상함도
세월 앞에서는 속절 없습니다

천년의 외로움

밥을 먹다
울컥 울음이 터졌다

안경알에 뿌옇게 서리가 내린다
영문모를 눈물이 펑펑 쏟아졌다

밥이며
국이며
반찬에 눈물이 촉촉이 배어 들었다

목젖까지 치미는 결연한 눈물

고장난 벽 시계는
미동이 없다

사랑 2

아름다운 풍광이나
맛있는 음식 앞에서

누군가 떠오르는 사람이 있다면
당신은 분명 누군가를 사랑하고 있는 겁니다

그런 누군가가
당신이어서 참 고맙습니다

지혜롭지 못한 자들의 갈등

갈등과 다툼이 치열해지는 이유는
쟁점에 국한된 논쟁이 되어야 하는데

의제 이탈과 동시에 수십 년간 누적 되어온
앙금을 소환 확대 비약 접목하니
진 흙탕 싸움으로 변질되는 겁니다

잠언 21:19
다투는 여자와 큰 집에서 사는 것보다
사랑스러운 여자와 움막에서 사는 편이 낫다

이런 남자

하루종일
아무런 소식이 없다

전화도 불통이고
카톡이나 문자 확인은 하지만 회신이 없다

무심하게 며칠이 지난 후
미안한 기색 하나 없이 당당하게 나타난다

어떻게 된 것이냐고 따지듯 물으면
오히려 집착 아니냐며 적반하장이다

타인의 감정을 가볍게 치부하는 남자
타인에 대한 기본적인 예의조차 실종된 이 남자

만남을 유지해야 할까요?

이순의 깨우침

가을의 운치를 배가하는
낙엽도 쌓이려면 얼마만큼의 시간이 필요하며

낭만과 추억을 협찬하는
눈도 쌓이려면 얼마만큼의 시간이 필요합니다

감성을 자극하는 겨울비도
아스팔트가 촉촉히 젖을 만큼 내리려면
얼마만큼의 시간이 필요합니다

그렇습니다
세상은 순리라는 게 있고
기다림이란 절대 미학이 있습니다

그 단순한 진리 하나 깨우치는데
이순이 걸렸습니다

그리움

하루
이틀
사흘
나흘
당신에 대한 그리움은

긴긴 겨울
긴 한숨소리가 되어 깊어만 갑니다

만날수록 짙어져가는
이 사랑을 그대 어찌하시렵니까?

묘비명 1

괜히 왔어
다시는 안 와

묘비명 2

나름 나쁘지는 않았어
그렇다고 두 번은 사양하겠어

이별

일년이 지났습니다

정확히
오늘로부터 일 년 전
당신은 내 곁을 떠났습니다

노을을 뒤집어쓴 파란색 줄무늬 버스를 타고
집으로 돌아와 겉옷을 벗어
한쪽 팔에 걸친 채 받아든 당신의 사고 소식이

이승에서의 마지막 인연일 거란
생각은 추호도 하지 못했습니다

그렇게 일 년이 지났습니다

아침이 밤을 밀어내는 횟수가 빈번할수록
당신은 은밀하게 그리고 차분하게
내 기억 속에서 지워지고 있습니다

이제는 당신이 사용하던
물건을 버리는 일도 쉬워졌습니다

식욕도 예전대로 돌아왔고
잠도 깊이 자며 간간히 꿈을 꾸는 여유도 생겼습니다

이제는 당신을 알고 지내던 많은 사람들도
당신의 이야기를 거의 하지 않습니다

나 역시도
당신을 소환하는데 인색해졌습니다

그래도
사랑하는 사람을 떠나 보낸 적이 없는 사람은
그 슬픔의 무게를 알 수 없을 겁니다

어떤 날은
당신이 어제 이 세상을 떠난 것처럼
못 견디게 보고 싶을때도 있습니다

여전히
당신은 나의 사랑이었습니다

이 세상에 태어나

내가 이 세상에 태어나
가장 잘 한일은
당신에게 사랑을 고백한 일이며

내가 이 세상에 태어나
가장 잘 할일은
우리의 소중한 사랑을 가꾸어 나가는 일이며

내가 이 세상에 태어나
게을리하지 않아야 할 일은
우리의 사랑이 아프지 않길
신께 늘 기도하는 일입니다

그리움

맑게 개인 날도
바람이 일어 우울한 날도
나는 너를 생각했다

그러고도
또 남는날
너를 그리워했다

내 편

누군가
당신을 위해 이른 아침부터
글을 쓰고 있다는 사실 만으로도
당신은 이 세상에서 가장 행복한 여자 일 겁니다

늘 장난기 많은 표정과 말투 그리고 행동이
때로 당신을 당혹스럽게 해도
이는 그만큼 당신이 편하고
많이 의지 한다는 뜻 일 겁니다

가끔 당신을
속상하게 하거나 서운하게 해도
본심이 아니었음을 당신도 잘 알 겁니다

그래도
기억할게 꼭 하나 있습니다

그것은
어떤 일이 있어도
같이 울어주고
같이 웃어주며
고개를 끄덕끄덕
끝까지 내 이야기를 들어주는
절대적인 내 편이 있다는 사실입니다

용서

순수함을 악의적으로
철저하게 이용하는 자를 웃으며 용서하라구요

상처를 받은 사람은
상처를 준 사람의
누런 치아까지도 기억하는 법입니다

용서를
압박해서는 안됩니다

용서는
신의 영역입니다

범죄

담배 피우듯
오줌 싸듯 하는 실수는
실수가 아니라 범죄야

시베리아 십팔색 조커야

참 고맙습니다

숨소리 마저 거부한
미명의 이른 시간

누군가를 기억하고
누군가를 염려하는
나는 분명 행복한 사람입니다

그 사람이
당신이어서 참 고맙습니다

탈선

내가 일탈 하랬지
탈선 하랬냐

18색 조카 크레파스야

사랑

그대를 만난 까닭에
나는 가을이 좋다

비릿한 포구의 풍광들과
가을 바다의 소근거림

그대를 볼수 있는 까닭에
나는 가을이 참 좋다

아빠

아빠는
어둠이 미쳐 빠져 나가지 못한
이른 새벽에 버스를 타고 사라졌다가
어둠이 뿌리를 내린지
오랜 시간이 지나서야 집으로 돌아옵니다

아빠는
한 달 동안 회사에 열정을 바친 댓가로
월급을 받아 엄마에게 건네주고
엄마는 답례라도 하듯
아빠를 위한
조촐한 주안상과 약간의 용돈을 준비합니다

그런 아빠가
지금은 내 명치 끝에 있습니다

아내 바보

내 꿈은 착한 여자의 남편이 되는 거다

여름에는 수박을 사들고 퇴근하며

눈 내리는 하얀 겨울에는 따근따근한
붕어빵을 사들고 퇴근하는 소심한 남자

가을에는 국화향 그윽한
뒷산 둘레길을 걸으며
아내의 이야기를 묵묵히 들어주고

일요일에는 텃밭에 나가 고랑질을 하고
아내가 내어오는 새 참과 막걸리에 감사할 줄 알며

주방에서 나를 위해 음식을 준비하는
아내의 뒷 모습을 물끄러미 바라보며
고마움에 눈물을 훔치는 남자

그런 착한 여자의
착한 남편이 되고 싶다

그것 참!!

가난한 자 들은
사회의 불평등과 공정하지 못함에 분노하고

가진 자 들은
가져도 가져도 채워지지 않음에 분노한다

어머니

하경아
하경아 부르던 어머니는
어느 깊은 산속으로 가서
무덤이 된 지 50년이 지났다

술한테 화풀이하고
집으로 돌아오는 내내
멀쩡하던 눈에서 눈물이 흐른다

어머니
보고 싶어요

사랑인 척

누군가에게
내 삶을 타진하며
허락을 요청하는 일은
매우 유감스러운 일이며

누군가를 선택하여
배려하며 책임을 운운하는 일은
나의 이기를 도모함이지 사랑은 아닙니다

타자의 삶을 절도하는
비도덕적인 행위는 반드시 삼가야 합니다

내 사람

나를 가장 많이 알고
나와 가장 근접한 사고를 소유하고
나를 위해 삶의 변형을 마다 하지 않고
마지막까지 내 곁에 머무를 사람

바로 당신

반드시 기필코

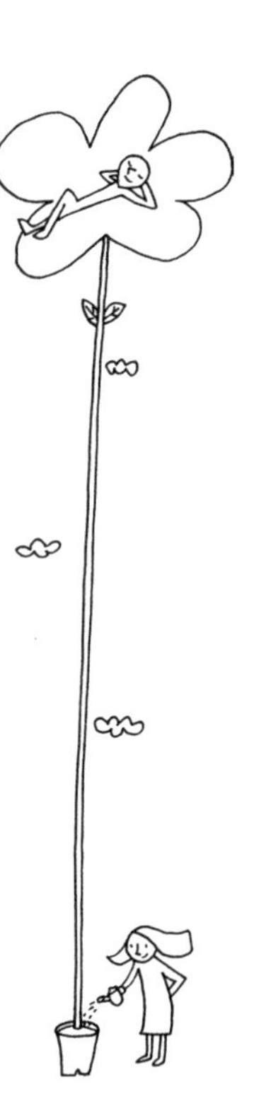

반드시 해야 할 일은 없습니다
기필코 해야 할 일도 없습니다

그냥
해야 할 일은 있어도

반드시
기필코
해야 할 일은 없습니다

인생

간밤에 떨어진 낙엽들이
여기저기 산만하게 거리를 배회합니다

청소부의 손길 따라
낙엽은 지정된 곳으로 차분하게 이동됩니다

청소부의 손길 따라 이동된 것은
낙엽이 아니라 세월이었습니다

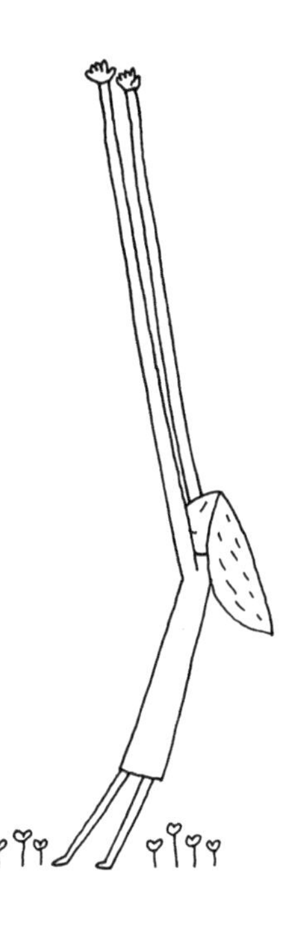

개소리

옆집 개가 짖었다
나도 따라 짖었다

동력

결혼에 실패했다고
삶 전체가 낙후되거나 부식되는 건 아닙니다

아픔을 허락하는 일
내 삶의 동력입니다

지혜

나무도 겨울이 되면
나뭇잎을 떨구어 영양소 방출을
최소화하는 생존 전략에 돌입하듯

사람도 나이가 들면
무거운 짐을 내려 놓아
에너지 소비를 최소화하는 지혜가 필요합니다

창피합니다

한 달에 사천 여권
일 년에 오만 여권이 장르 구분 없이 출간됩니다

한 달에 꼴랑 서너 권
일 년에 오십 여권

서점을 기웃거리기가
참으로 민망스럽습니다

대리 만족

당신이 산해진미로 허기를 채울때
나는 책으로 배고픔을 달랬습니다

당신이 유흥으로 희희낙락할 때
나는 책 속에서 도끼를 만나
세상을 얻은듯 기뻐 날 뛰었습니다

당신이 세상의 잡다한 이야기로 시간을 소진할때
나는 도서관의 정적함을 좋아했습니다

당신이 사랑 놀음에 영혼이 탈곡될 때
나는 낯선 곳의 이방인이 되어 거리를 배회했습니다

당신이 결혼이라는 굴레 속에서
자유를 억압 받고 신음할때
나는 진정한 삶의 테마를 찾았습니다

당신이 감정을 주체하지 못하고 분노할 때
나는 하늘을 올려다 보는 습관을 키웠습니다

자식 봉양

자식이 부모를 섬기는 일이
이제는 부담스럽고 불편한 프로그램으로
더 이상의 미풍양속은 아닙니다

이제는 부모가 자식을 봉양합니다
매우 불결하고 끔찍한 일이 아닐수 없습니다

돌아오는 길

집으로 돌아오는
골목길에 파란 달빛이 쏟아진다

외로울 때 부르면 다소곳이 다가올
별 하나 갖고 싶은 밤이다

가을의 일과

바람이 불고
비가 내립니다

반듯한 나뭇가지가
흔들리며
나뭇잎을 떨굽니다

도로에 안착한 나뭇잎 중 일부는
바람에 실려 어디론가 낯선 곳으로 사라집니다

떨어진 낙엽만큼
가을은 깊어 갑니다

방에 스위치를 내리고
어둠 속에서 가을을 바라봅니다

울기에
딱 좋은 계절입니다

그리움

이제는
갔나 싶어 돌아보면
명치끝에 매달려 있는 오래된 사랑

잊을만하면
뚝뚝뚝
각혈을 쏟아낸다

글 정성

글의 분량에
급급해 하지 말자

한 줄
두 줄
내 손 끝이
가는데 까지만 적으면 된다

글은
나의 생각과 감정을 솔직하게 표현하는 것

길거나 짧거나
정갈하게 담아내면 그만이다

중년의 가을

오만방자했던 여름도 자연의 순리를
차마 거부하지 못하고 떠났습니다

수줍게 다가온 설익은 가을은
점점 색감이 짙어져
시월의 풍미를 배가 합니다

가을이 무르익어
밤송이가 떨어지고
낙엽이 집니다

여기
강 건너에서 불어오는
억새풀 소리를 들으며 눈물을 떨구는
한 중년이 있습니다

아! 가을은
중년의 고독이었습니다

행복

시인은 시를 쓰고
화가는 그림을 그리고
농부는 농사를 짓고 살면 됩니다

우리가 불행한 이유 중 하나는
남의 것을 탐하기 때문에 그렇습니다

욕심이 잉태한즉 죄를 낳고
죄가 장성한즉 사망을 낳느라라 (야고보서1:15)

가을 이별

하루 종일
전화기 앞에 앉아 있었습니다

어제도
그제도
비 내리는 오후 내내

어둠이 재 넘어 산등선이부터
아파트 담 벼락 밑에까지 영역을 확장하며

위용을 과시하는 시간까지
나는 꼼짝 않고 그 자리에 앉아 있었습니다

많은 시간이 흘렀습니다
한참을 망설이던 나는 수화기를 집어 들었습니다

그리고
빠른 속도로 버튼을 누르기 시작했습니다
부재중 긴 신호음이 이어집니다

나는 전화를 끊었습니다
그리고
잠시후 전화기를 다시 집어 들었습니다

딸칵

지금은 전화를 받을 수 없습니다
용건이 있으시면
전화번호나 메모를 남겨 주세요

이렇게
가을은 떠나갔습니다

적금

아무런 장애 없이 걸림돌 없이 산다는 것은
적립해 둔 내 몫의 행복을 당겨다 쓰는 겁니다

하는 일마다 막히고 풍파가 이는 것은
적립해 둔 내 몫의 불행을 지출하는 겁니다

지금의 행복이 영원하며
지금의 불행 또한 영원할수 없습니다

행복이 백이면
불행도 백입니다

행복을 다 소진하면 불행할 날만 남고
불행을 다 소진하면 행복할 날만 남습니다

술술 풀린다고 자만질 말고
매사 꼬인다고 기죽지 않았으면 좋겠습니다

결국
삶은 행복과 불행이
다 소진되어야 종식됩니다

술에 대한 찬양

혼자 있으면 시가 찾아오고
벗들이 있으면 술이 찾아온다

술이 무르익는 밤이다
역시 술의 풍류는 가을이다

가을이 그리워지는 건
그곳에 술이 있기 때문이다

술 한 잔으로 사랑이 시작되고
술 한 잔으로 의인을 만들고
술 한 잔으로 은혜를 갚고
술 한 잔으로 꿈을 만드나니

제군들이여
술을 경배할지어다

은밀한 거래

소란스럽지 않게 다녀갈 테니
커피 향만큼 만 느끼라 했던 그대

스치는 바람으로
지우기에 꽉 찬 그리움

이렇게
가을은 깊어 만 갑니다

늙음에 대하여

나이를 먹는다는 것은

좀 무뎌지고
좀 너그러워지고
좀 차분해지고

만나면 헤어질 줄 알고
쓴 맛을 당해도 헛헛이 웃을 줄 알고
고통이 와도 머지않아 떠날 것임을 아니

이래저래 넉넉해지는 모양입니다

인생

삶이
말을 걸어왔다

고민
고민하지 말고

즐기며
살다 가라고

세상에 공짜는 없어

피아니스트가
자유롭게 건반을 넘나 들고

무용수가
절제된 동작과
우아한 춤 시위를 뽐 낼수 있는 건

충분히
인내라는 댓가를 지불했던 까닭입니다

인생에
공짜는 절대 없습니다

무덤으로 가는 길

과체중
고혈압
당뇨
그릇된 생활 방식과 식 습관
부정적 사고

내일을
기대하지 마십시오

당신을
내일 무덤으로 데려갈 수도 있습니다

사랑

감성이 이성을 지배할 때
우리는 이것을 사랑이라 말합니다

세상에서
가장 큰 죄는 사랑을 거부하는 죄이고

이보다
더 큰 죄는 사랑을 흉정하는 죄입니다

돈의 개념

돈은 분뇨와 같아
쌓아 두면 악취가 나지만

주위에 뿌리면
향긋한 거름이 됩니다

돈의 본질은
소유가 아니라 나눔입니다

어머니 2

울어도 안 되고
아파도 안 되며

당신의 삶을 송두리째
희생하며 살아온 세월

울
엄마의 삶이셨습니다

다른 공감

나는 상추를 쑥갓이라 했고
너는 상추를 시금치라 했다

그래서
우리는 남이 되었나 보다

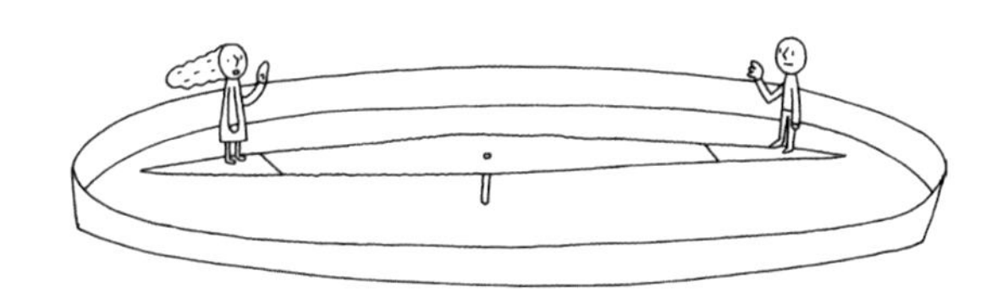

조심 조심

사람조심

밤이 까만 이유는

밤이 까만 이유는
밤새 당신을 그리워하다
까맣게 타 버린 내 마음 일겁니다

깜깜한 밤
하늘 중심에 유난히 밝은 별은
당신을 찾아 나서는 북극점 일겁니다

유혹

나뭇잎이 바람에 떨어지고
가지가 흔들립니다

나무를 흔드는건 바람이지만
나를 흔드는 건 당신입니다

화끈하게

누군가 해야 할 일이라면
내가 하고

언젠가 할 일이라면
지금하고

어차피 해야 할 일이라면
화끈하게 합시다

찐맛

불어 터진 라면은

먹을수는 있어도

맛은 진짜 없습니다

된장

천만 원을 가진 사람은
백만 원을 가진 사람보다
열배 더 행복해야 하며

일억 짜리 스포츠카를 가진 사람은
천만 원대 경차를 가진 사람보다
열배 더 빨라야 하며

천만 원짜리 모피를 입은 사람은
십만 원짜리 패딩을 입은 사람보다
백배 더 따뜻해야 합니다

터지기 전에

김밥만 옆구리 터지는게 아니고
밤도 넘치게 영글면 옆구리 터지고
사람도 관리 못하면 옆구리 터집니다

터지는건
순서도
구분도 없습니다

삼류

별책 부록
사이드 메뉴
이미테이션
행인 1, 2
1+1

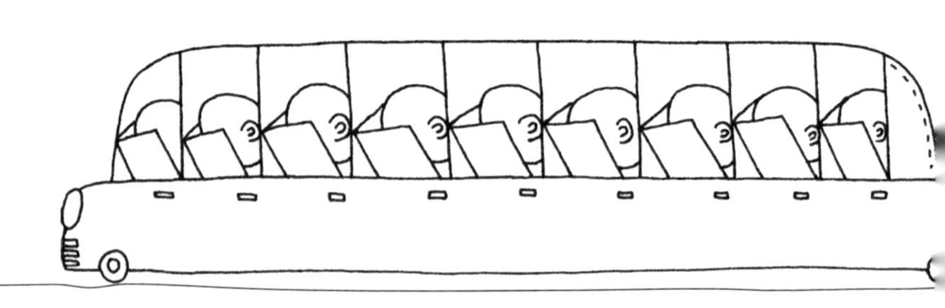

놈 놈 놈

하루 종일 즉석 복권 긁는다고
일등 당첨 되는 거 아니고

장동건 영화 수십 편 봤다고
장동건 되는 거 아니며

식당 밥 삼 년 먹었다고
개가 사람 되는 거 아니며

전문 서적 끼고 다닌다고
하버드 입학하는 거 아닙니다

어떻게든
될 놈은 되고
안 될 놈은
죽어라 안됩니다

억지로
살수 없는게
인생인가 봅니다

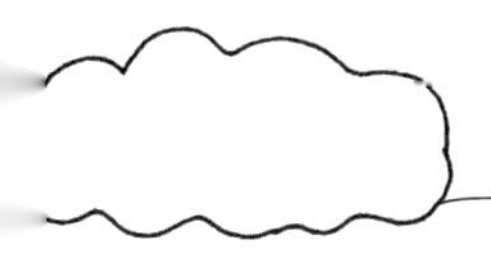

착각

세상이
너를 이해하고
너를 배려하고
너를 용서하며
기다려줄 거란 막연한 생각
그건 큰 착각이야

세상은
너를 기억할만큼 자비롭지 못해

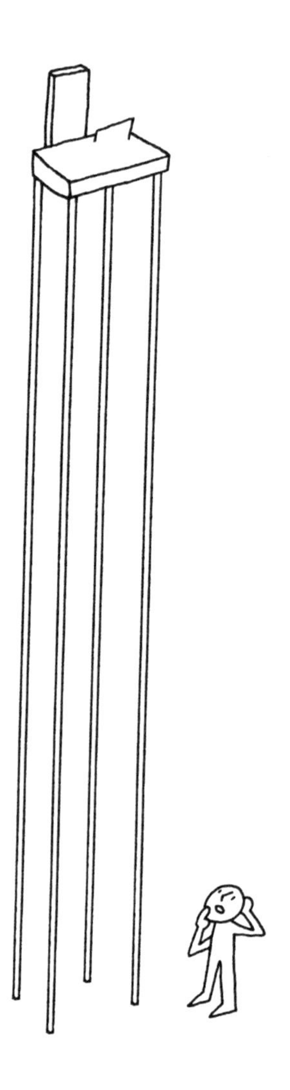

미친개는 피해

미친개 랑
싸우지 마

너도 똑같이
미친개 취급받아

독수리 오 형제

똥이 더러워 피하는 것은
눈감아 줄 수 있으나

똥이 무섭고 두려워 피하는 것은
비겁하고 비열한 짓입니다

싸울 가치가 충분하다 판단되면
풀잎을 뜯어 먹고사는 한 이 있어도

허리가 꺽이는 한 이 있어도
치열하게 싸워야 합니다

싸워야
지구가 바로 섭니다

가을 앓이

하늘도
구름도
바람도
햇살도 가을을 닮아 갑니다

포효하던 여름 태양도
따사로운 햇살로 다소곳이 변해 갑니다

하늘은 청명하고
바람은 상큼 합니다

이제 몇날 며칠만 지나면
확연한 가을을 만날 겁니다

들녁과 산하는
푸른 물결로 넘실되고

밤이 되면
중천에 떠 오른 소담스런 둥근 달과

별들이 주렁주렁 매달려
가을을 응원할 겁니다

그렇게
그렇게
가을은 익어갈 겁니다

동행

우연처럼 다가와
인연이 되어 가는 사람

살아온 길이 달라
엎치락 뒤치락 몸살을 앓아도

이 또한
흘러가겠지

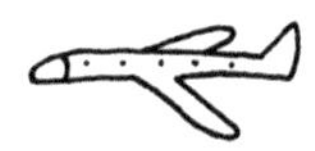

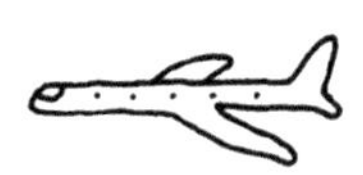

인생 1

먼지 나는 신작로
작렬하는 태양을 머리에 이고
끝이 없는 길을
끝도 없이 가는 것

인생 2

삶이란
알면 알수록
여위어 가는 것

그 누가
꼬드겨도
거들떠보지 않고

무덤덤 하게
제 갈 길 가는 것

보편적 사랑

적당히 진하고
적당히 부드럽게

적당히 은은하고
적당히 감미롭게

적당히 쌉쌀하고
적당히 달콤하게

이런 사랑이기를…

노안

안경을 벗으면

사물이 어릿어릿
많이 불편합니다

세상을 보는 눈마저
어두워질까 두렵습니다

인 생

벌거벗은 나뭇가지
쪽빛 하늘
낯선 바람
뾰족뾰족한 시간들
겨울 바다
남루한 세월 그리고 동행

죽을만큼 사랑하자

아낌없이
미련없이
후회없이
미친듯이
죽도록 사랑하자

운명이라 생각한다

모든 사람들이 잠든 이 밤
길 잃은 바람이 골목 어귀를 서성되고
슬픔에 잠긴 부엉이가 밤새 울어된다

넘 볼수 없는 자유가
온몸의 감각 기관을 통해
흥미롭게 다가오는 새벽

나는 글을 내린다

비교

남들 쉴 때 따라 쉬고
남들 잘 때 따라 자고
남들 하는 거 다 따라 하고
언제 정상에 오를래?

정상에 오른 사람은
정상이 아니었기 때문에
정상에 오른거야

정신차려!!!
인마!!!

가난은

가난은 불편하고
짜증나고
억울하고
답답하고
안타깝고
속상하고
서운하고
무기력하고
우울합니다

동의 하십니까?

가을 임대차 계약

l 본인은 본 계약 기간 중 가을을 음해하거나
가을의 품위를 실추시키는 행위를 삼가한다

l 본인은 본 계약 기간 중 여친을 급조하는
지각없는 행위를 삼가한다

l 본인은 본 계약 기간 중
수시 가을 바다로 일탈을 감행하는
용기있는 행위를 서슴치 않는다

l 본인은 본 계약 기간 중
읽고 쓰는데 게으름을 피지 않는다

l 본인은 위 계약을 성실히 수행할 것을
파란 하늘과
청량한 바람
하늘거리는 코스모스 앞에서 엄숙히 맹세한다

가을 이별

깜깜한 밤 하늘
노란 달 빛을 타고 내리는 비는
보석처럼 아름답다

도로에 부딪혀
산산히 부서진 빗방울은
좁고 경사진 고랑으로 가을을 안고 흐른다

까만 밤
저 골목 끝에서
하얀 치아를 드러낸 채 미소를 지으며
손 흔드는 이가 있다

떠나는 가을이
멋쩍게 미소를 지으며 서 있었다
나도 손들어 답례했다

안녕

존재의 이유

책을 읽고
글을 내리는 것이

바람에 살랑이는
나뭇잎을 바라보는 것이

둘레 길에 널브러진
지는 노을을 음미하는 것이

마치
내가 살아가는 존재의 이유인 양
느껴질 때가 있습니다

그런 까닭에
나는 행복합니다

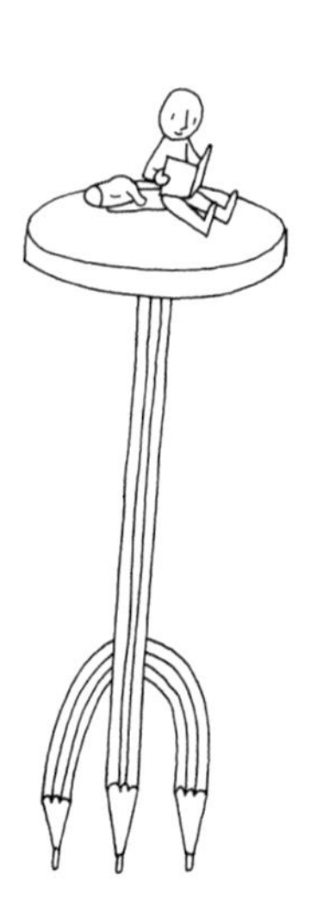

이 별

어딜 가냐고 물었다
고향에 간다 했다

고향이 여기서 머냐고 물었다
쉬엄쉬엄 가도 반나절이면 족하다 그랬다

좀 더 있다 가지 서둘러 가냐 물었다
머물만큼 머물렀고
이제 돌아갈 시간이라 했다

그래서
동구 밖 느티나무 아래 길가까지
배웅하며 잘 가라 손 흔들었다

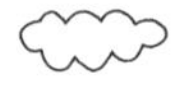

사랑해

파란 하늘에
아주 굵은 글씨로
선명하게 썼습니다

사 랑 해

적어도
오늘 하루만은
비가 소풍 갔으면 좋겠습니다

응원가

괜찮아
잘했어
걱정마
사랑해

우리는
지금 사랑과 격려
응원이 필요할 때입니다

절대 궁상

걱정이 태산 같아요
머리에는 빨간 띠를 두르고
온갖 인상을 찡그리며 끙끙 앓아요

여보세요

그래서
해결될 일 같으면
세상 얼마나 살만하겠어요

시간이 약입니다
시간을 복용하시고 기다리세요

궁상떨지 마시고

NO TOUCH

잔잔한
강물에 돌 던지지 마세요

책임질 수 없다면...

정동진

바다가 보고 싶다
으르렁대는 파도 소리를 듣고 싶다

폐부를 관통하는 바람을 맞으며
인적없는 백사장을 숨죽이며 걷고 싶다

정동진

손바닥만 했던 어둠이
어느새 바다를 삼켜 버렸다

어둠에 침몰된
바다는 묵언 수행이다

이따금씩 스쳐 지나가는
기차의 굉음 소리뿐

바다는
무덤처럼 고요하다

회색빛 도시를 떠나
강릉행 버스에 몸을 실은지 한나절

이제는
숨막히는 도시로 돌아가야 할 시간이다

회개하듯 찾아온 바다
너는 늘 포근한 미소를 머금고
나를 반겨주었지

힘들지?
힘들때는 언제든 찾아와

고맙다
늘 위안이 되어주어서

친구

모두들
자기 자리를 찾아 떠났습니다

무덤처럼 적막한 병원 로비엔
이제 달랑 둘만 남았습니다

우리도
곧 헤어져야 합니다

약속이라도 한냥
우리는 동시에 일어났습니다

병실로 돌아서 가는
친구의 뒷모습을 한동안 바라봅니다

을씨년스러운 늦가을처럼
쓸쓸함이 베어 보입니다

늘 웃음기 있는 얼굴로
조잘대던 모습이 그립습니다

많이 힘들 겁니다
큰 위로가 되어주지 못해 미안할 따름입니다

툴툴 털어 버리고
우리들 곁으로 돌아오는 날

저녁 식사라도
대접해야겠습니다

그리고
돌아와 줘서 고맙다는 말도
잊지 않을 생각입니다

가을 연가

어느 하늘 아래
누군가에게 시름없는
손 편지 한장 적어 보낼 수 있는
그런 가을이 되었으면 좋겠습니다

억새풀 풀어 헤친 숲길을 거닐며
잠깐만이라도 하늘을 올려다볼 수 있는
그런 가을이 되었으면 좋겠습니다

창문 틈새를 비집고 들어오는
뽀송뽀송한 가을 햇살을 매만지며
그 기운에 감사할 줄 아는
그런 가을이 되었으면 좋겠습니다

바람 곁에 서서
비처럼 쏟아지는
낙엽을 바라보며
폐지처럼 구겨진

내 안의 삶을 조회할 수 있는
그런 가을이 되었으면 좋겠습니다

한숨과 탄식이 동반되고
고립된 그리움과 외로움이 절절한
그런 가을이 되었으면 좋겠습니다

이별도 사랑의 한 장르라면
애써 인정할 줄 아는
그런 가을이 되었으면 좋겠습니다

한 올 한 올 벗겨 낸 몸뚱이를
긴 여정의 끝에 매달고
목 놓아 울부짖는
그런 가을이 되었으면 좋겠습니다

떠나갈 가을을 아쉬워하며
눈물짓는
그런 가을이 되었으면 좋겠습니다

옛 생각

풀벌레 소리
그윽한 밤이 오면은
솟은달 그리움에 눈물 지어라

동산에 달 오르고
달무리꽃 날 반기면

정답던 옛 동산에
정답던 옛 이야기들
오는 밤 중천에 달 떠오르면
옛 이야기 되새김에 울겠습니다

이런 느낌

발행일 | 2022년 7월 29일
지은이 | 정하경
발행인 | 황유성
펴낸곳 | 도서출판 유성
주 소 | (우 03924) 서울시 마포구 월드컵불로54길 25
상암DMC푸르지오시티, 5-City 513호(상암동)
연락처 | 070-7555-4614
E-mail | youseong001@hanmail.net
등 록 | 2019-000098호
정 가 | 15,000원
ISBN 979-11-966900-6-9(03810)